creciendo con
MARTA
libros para sentir

everest

A mis tíos, Paco y Toñi, y mis primos: Rosi, Juan, Margarita, Jero, Toñi, Esther, Rafa, Yolanda, Juan Ignacio, Laura, Cristina, María Esther y Patricia. Con todo mi cariño —C. M. A.

A mis hijos, niños, y a los niños, todos —A. C. C.

Cuéntame un cuento, que voy a comer

Sombriluz no tiene apetito

Carmen Martín Anguita

Ilustraciones de Alicia Cañas Cortázar

Presentación de la colección

Los valores, el control de los impulsos, el manejo de las emociones
y de los sentimientos (es decir, todo aquello que nos permite «vivir bien»)
se transmiten por contagio.

La psicología establece que la formación de la estructura moral básica
se construye durante los primeros años de la vida.

Pero esto no se «enseña» a través de un método de transmisión directa
de conocimientos, como pueden ser los conocimientos matemáticos.
Es a través del contacto diario con la familia (o la cuidadora),
y en la escuela, donde se produce este «aprendizaje emocional».

Partiendo de estos presupuestos, la colección CRECIENDO CON MARTA
se lanza con la pretensión de alcanzar los siguientes objetivos:

- Potenciar, con herramientas creativas, el proceso de «desarrollo
  emocional» de los niños.

- Hacerlo mediante la utilización de la fantasía como instrumento
  preferente, ya que el niño no distingue entre la fantasía y la realidad;
  la realidad del niño está instalada en la fantasía.

- Llevarlo a cabo «por contagio», a través de un cuento con numerosas
  interpretaciones basadas en una interacción personal.

- Ayudar a solucionar los conflictos típicos de la infancia, tanto
  en el contexto familiar como escolar, de una forma sugerente, a través
  de los cuentos.

Jesús Blanco García
Psicólogo

Marta se levantó muy temprano, como todos los días. La casa estaba en silencio. Papá y mamá dormían. Los días que no trabajaban aprovechaban para levantarse algo más tarde.

Marta agarró a Bunny, su peluche, y el plato con galletas y frutos secos que mamá siempre le dejaba las vísperas de fiesta en la mesilla, para que pudiera desayunar ella solita al levantarse.

Piesplanos, la alfombra, sonreía. Sabía que Marta no tenía colegio y podría hablar y jugar con su amiga desde muy temprano.

Marta encendió su lamparita de noche.

—Apaga la luz, me molesta en los ojos —protestó Sombriluz, que así se llamaba la lámpara.

—Ya es de día, dormilona. ¡Mira, tengo galletas! ¿Quieres una? —ofreció Marta a Sombriluz, mientras la lamparita bostezaba perezosamente.

—Aaah. Quizá más tarde, querida.

Piesplanos y Bunny sí aceptaron la galleta.

—He tenido un sueño precioso —dijo Sombriluz con una sonrisa—. He soñado que asistía a una fiesta en palacio.

Sombriluz parpadeó coqueta y continuó algo ruborizada:

—En mi sueño conocí a un príncipe. Bailamos y, más tarde, salimos a pasear por los jardines de palacio —contó Sombriluz.

—Ves —dijo Piesplanos—, es lo bueno de ser alfombra, que siempre tienes los pies en la tierra y no sueñas esas cursiladas.

—Piesplanos... —le regañó Marta—. Deja que Sombriluz siga contándonos su historia—. ¿Y qué pasó entonces? —preguntó Marta con interés.

—Yo estaba en el jardín, con mi vestido rosa de fiesta y mis flecos dorados mecidos por la brisa. Las estrellas brillaban y la luna se reflejaba en el estanque. Leopoldo me miró dulcemente.

—¿Quién es Leopoldo? —preguntó Piesplanos mientras se comía la segunda galleta.

—Leopoldo es mi príncipe —dijo Sombriluz, un tanto contrariada por la interrupción; pero pronto volvió a mirar con ojos de gacela.

«Eres muy hermosa» —me susurró Leopoldo—. Y me ofreció una rosa, mientras me decía mirándome a los ojos que mi luz brillaba más que las estrellas.

—¡Ay! Qué bonito —suspiró Marta—. Parece un cuento de hadas.

—Lo que decía, una cursilada —sentenció Piesplanos.

—¿Qué sabrás tú? —cortó Sombriluz despechada, dirigiéndose a Piesplanos.

—¡Lástima haber despertado! —añoró la lamparita.

—¿Quieres la galleta ahora? —preguntó Marta.

—No insistas, querida, no tengo apetito —respondió Sombriluz.

14

—Sombriluz está tan emocionada con su sueño,
que no tiene hambre —añadió Bunny rompiendo su silencio.

—Buenos días, cariño —dijo mamá, al tiempo que daba
un beso a Marta.

—Hola, mamá. Sombriluz está enamorada.
Mamá sonrió complacida.

—¿Has comido tus galletas?

—Sí —asintió Marta—. Las he compartido
con mis amigos.

—Eso está muy bien —volvió a sonreír mamá—. Marta,
vete arreglando; hoy vienen los abuelos a pasar el día.

Mamá siempre prepara
un gran desayuno, pues
dice que hay que desayunar
fuerte para sentirnos muy
bien y poder trabajar
y estudiar mucho.

Desde que Marta era muy
pequeñita mamá y Marta
siempre cantan esta canción:

Si quieres en este día
jugar, cantar y aprender,
toma leche y cereales,
fruta natural y miel;
no olvides los frutos secos,
y te sentirás muy bien.

Al poco rato llegaron los abuelos.

—Abuelo, ¿podemos jugar David y yo con las cartas de animales que nos habéis traído mientras desayunamos? —preguntó Marta impaciente, haciendo un guiño cómplice a su hermano David.

—Luego tendréis tiempo de jugar; ahora es mejor disfrutar de la reunión familiar, mientras desayunamos estos huevos con jamón tan ricos que nos ha preparado mamá.

—¿Por qué siempre te gusta escuchar música cuando comes, abuelo? —preguntó David.

—Porque la comida es un verdadero placer y hay que rodearla de cosas hermosas, como la familia y la música.

A David y a Marta les gusta escuchar a su abuelo Ramón, porque tiene una voz suave, como el algodón de azúcar.

—Ahora en el colegio nos cuentan cuentos a la hora de comer. Antes los cuidadores se enfadaban mucho porque a veces no nos comíamos todo.

Era un rollo, pero ahora comer es súper divertido. Todos los niños estamos deseando que llegue la hora de comer para escuchar los cuentos —comentó Marta después de limpiarse con la servilleta.

24

—Me parece una idea excelente
—dijo Enrique, el papá de Marta,
untando mermelada de melocotón
en su tostada.

Después de desayunar, Marta lo pasó
muy bien jugando con su hermano David
a las cartas de animales.

Al mediodía, papá estaba dando el último toque al asado mientras mamá hacía la ensalada.

—Cada comida es una fiesta, nunca lo olvides —dijo la abuela Carmen a Marta mientras ponían la mesa.

—Mamá dice que hay que comer de todo para crecer sanos y fuertes —añadió Marta.

—Mamá tiene razón —asintió la abuela.

—Abuela, Sombriluz está enamorada y no quiere comer.

—Son cosas del amor, nena. ¿Por qué no pruebas a escucharla y a decirle que la quieres. Cuando uno está triste no es bueno sentirse solo.

Marta corrió a su habitación, y encontró a la lamparita con los ojos entornados.

—Sombriluz —la llamó Marta, despertándola de su ensueño—. Nunca te sientas sola; todos somos tus amigos y te queremos.

Piesplanos y Bunny asintieron emocionados.

Aquella noche, cuando todos estaban entrando en un dulce sueño, Sombriluz dijo en voz baja:

—Marta, ¿han sobrado galletas del desayuno?

© 2008 de los textos Carmen Martín Anguita
© 2008 de las ilustraciones Alicia Cañas Cortázar
© 2008 EDITORIAL EVEREST, S. A.
División de Licencias y Libros Singulares
Calle Manuel Tovar, 8
28034 Madrid (España)
Reservados todos los derechos.
ISBN: 978-84-241-5752-4
Depósito legal: LE. 872-2008
Printed in Spain – Impreso en España
Editorial Evergráficas, S. L.

Colección
Creciendo con Marta